方圆◎编著

日常营养·保健靓汤系列

羊城晚报出版社

·广州·

🧅 工作之余篇

🍎 周末进补篇

● 探访亲友篇

万便汤

菊花鲈鱼羹

原 料

白菊花(干的)	1朵
鸡蛋	1只
鲈鱼肉	300克
甘笋花	数片
韭黄	少许
姜	适量

功 效

益脾健胃，清热燥湿。

温馨提示

气虚胃寒、食量少、腹泻的患者应少用菊花。

制作过程

1. 将菊花摘成小瓣，鲈鱼洗净抹干，切丁；鸡蛋取蛋清，打匀；韭黄、甘笋花洗净。

2. 锅中加入适量清水烧开，倒入鲈鱼肉丁焯约1分钟，捞出待用。

3. 热油爆香姜片，浇酒，入上汤，略滚后入鱼肉丁至刚熟时调味，埋芡。熄火，加入蛋清、韭黄粒、甘笋花拌匀，撒上白菊花即可。

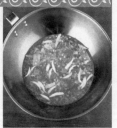

柚子肉鸡汤

原　料

公鸡	1只
柚子	1个
生姜	2片
葱	适量
料酒	适量

功　效

理气补虚，消食下痰。

温馨提示

有习惯性腹泻、腹痛或贫血者，不宜多食柚子。

制作过程

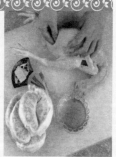

1. 公鸡宰杀，去毛和肠脏，洗净；柚子去皮留肉；姜、葱洗净。

2. 锅中烧开适量清水，将公鸡放入开水中煮约3分钟，捞出过冷河。

3. 将柚子肉放入鸡腹内，将鸡放入炖盅内，加葱、姜、料酒、盐、清水各适量，再将炖盅放入盛有水的锅内，隔水炖约2小时即可。

一品豆腐汤

原 料

嫩豆腐	200克
鸡肉	50克
白菜叶	50克
水发竹笋	40克
鸡蛋	3个

功 效

降低血脂，减肥嫩肤。

温馨提示

做此汤最好选用含
水较多的嫩豆腐。

制作过程

1. 豆腐搅成茸；鸡肉用刀剁成茸，放水化开，鸡蛋除黄留清，调散，同放碗中加精盐、胡椒粉搅匀成豆腐泥料；白菜叶、竹笋洗净。

2. 豆腐泥料倒入抹匀油的盘内铺平，面上适当点缀，食前7分钟上屉蒸熟；锅中倒入适量鸡汤烧开，加入竹笋、白菜叶、蒸好的豆腐泥料。

3. 汤成后，加入适量油、盐、味精调料，咸淡随意。

毛瓜金银鸭汤

原　料

毛瓜	750克
烧鸭	半只
光鸭	1只
姜	2片

功　效

滋阴养胃，利水消肿。

温馨提示

俗话说："嫩鸭湿毒，老鸭滋阴"，故煲汤时宜选用老鸭。

制作过程

1. 毛瓜刮去外皮，洗净；光鸭洗净斩件；烧鸭斩件。

2. 烧热油锅，将毛瓜放入油锅中炒片刻，取出用清水洗净；另锅烧开水，光鸭、烧鸭放开水锅中用清水煮沸约2分钟，去血渣捞出。

3. 将毛瓜放入炖盅底部，上面排放光鸭件或烧鸭件，加姜片、绍酒和盐，注入冷开水至八成满，放入锅内，约炖3小时，至鸭酥透。

巴戟花生蹄筋汤

原　料

猪蹄筋	30克
牛蹄筋	30克
花生	30克
巴戟天	15克

功　效

补益肝肾，强壮腰膝。

温馨提示

花生霉变后会产生
致癌性很强的黄曲
霉毒素，切忌食用。

制作过程

1. 巴戟天、花
生用清水洗净；
猪蹄筋、牛蹄
筋用温水浸软，
切段。

2. 锅中加入适
量清水烧开后，
将猪蹄筋和牛
蹄筋放入沸水
中焯约1分钟。

3. 把全部用料
放入煲内，加
清水适量，武
火煲沸后，文
火煲约3小时，
调味即可（蹄筋、
花生可佐膳）。

党参羊肚汤

原　料

羊肚	1000克
党参	30克
胡椒	15克
陈皮	6克
生姜	3片

功　效

温中补虚，散寒止痛。

温馨提示

脾虚有热或阴亏内热者不宜用本汤。

制作过程

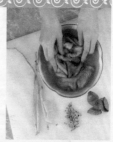

1. 党参、陈皮、胡椒、生姜洗净；羊肚用盐擦洗，然后用清水冲洗干净，并反复数次，致干净无黏液为止。

2. 烧开适量清水，放入羊肚，在沸水锅中滚约1分钟，取出刮去黑膜。

3. 把全部用料一齐放入煲内，加清水适量，武火煮沸后，文火煲3小时，调味供用。

番茄土豆牛尾汤

原　料

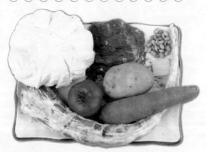

牛肉	150克
椰菜	150克
番茄	400克
土豆	400克
红萝卜	400克
青豆仁	50克
新鲜去皮牛尾	1条
姜	2片

功　效

补脾胃，益气血，强筋骨。

温馨提示

牛尾上的细毛很难拔掉，可以在火上燎一下，毛头焦后用手一捋即可。

制作过程

1. 椰菜切丝，番茄切片，土豆和红萝卜去皮切粒，姜拍烂；牛肉洗净，剁成茸，加调味料拌匀，牛尾洗净，斩段。

2. 将牛尾放入滚水锅中煮5分钟，取出过冷河，备用。

3. 把适量清水煲滚，放入牛尾、姜煲2小时，加入红萝卜煲30分钟，再加番茄、土豆煲至土豆熟烂时调味，下入牛肉茸和椰菜丝煮滚，最后加入青豆仁，待滚起锅即可。

塘虱二乌汤

原　料

塘虱鱼	1条
乌枣	6粒
陈皮	1小块
乌豆	150克
瘦肉	200克

功　效

此汤适宜冬季供身体虚弱肾阴虚之人调补用。

温馨提示

乌豆也叫黑豆，过食不易消化，不宜食用过多。

制作过程

1.乌豆拣好洗净；乌枣去核；瘦肉原件洗净，切块；塘虱鱼剖洗干净。

2.起油锅，将塘虱鱼放入锅中煎香；瘦肉用开水焯后，沥干水分。

3.把全部用料放入煲内，加适量开水，煲3小时，调味即可。

苹果排骨汤

原 料

苹果	400克
排骨	400克
绿豆	50克
蜜枣	5个

功 效

滋润养颜，解暑开胃。

温馨提示

选用酸味重、微甜的苹果为宜。

制作过程

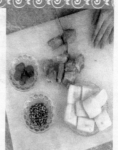

1. 苹果去皮去心，切成方块；绿豆、蜜枣洗净；排骨洗净，斩大件。

2. 锅中加适量清水烧开，将排骨放开水锅中汆烫约2分钟。

3. 把全部用料同放煲内，加水适量。武火煮沸后，转文火煲2小时。下盐调味。

白参鹧鸪汤

原　料

| 鹧鸪 | 1只 |
| 白参 | 30克 |

功　效

补气健脾，生津止渴。

温馨提示

白参又称白干参，其生津力优于红参类，但补气之力稍逊，如虚不受补者可多用之。

制作过程

1. 白参洗净切片；鹧鸪剖净，去内脏，抹干水，切块。

2. 锅中加适量清水，烧开，将鹧鸪放开水锅中焯约1分钟捞出。

3. 把全部用料一齐放入炖盅内，加开水适量，炖盅加盖，文火隔水炖约3小时，调味热服。

党参大鳝汤

原　料

党参	25克
北芪	25克
鳝肉	100克
八角	3粒
蒜头	适量

功　效

补益气血，健脾生肌。

温馨提示

黄鳝宰杀后必须经
开水烫过，以去除
白色黏液，否则腥
味很大。

制作过程

1. 蒜头、八角
拍松，洗净；
党参、北芪洗
净；鳝鱼剖洗
净，切段。

2. 锅中烧开适
量水，将鳝肉
汆水，洗净沥
干，备用。

3. 把党参、北
芪、鳝肉、蒜
头、八角一同
放入炖盅，注
入滚水，隔水
炖3小时，加
盐调味即可。

丝瓜肉片咸蛋汤

原　料

丝瓜	500克
猪瘦肉	200克
咸蛋	2个

功　效

清热利肠，凉血解毒。

温馨提示

应挑选粗细均匀、色青、瓜花未落、无损伤的嫩丝瓜，或用指甲稍掐便破者。

制作过程

1. 丝瓜去皮洗净，切角形；瘦肉洗净，切薄片；咸蛋打入碗内。

2. 锅中加适量清水，烧开，将瘦肉片放入煮沸约1分钟后捞出。

3. 把丝瓜放入开水锅里，文火煲沸几分钟后，加入瘦肉和咸蛋煲至熟，调味供用。

巴戟羊骨汤

原 料

羊骨	500克
巴戟	25克
肉苁蓉	25克
生姜	15克

功 效

温脾暖肾，益精壮阳。

温馨提示

羊骨选用羊胫骨或肩胛骨为好。

制作过程

1. 巴戟、肉苁蓉、生姜洗净；羊骨洗净，斩件。

2. 锅中加入适量清水，烧开后倒入羊骨煮约2分钟，捞出待用。

3. 把全部用料放入煲内，加清水适量，武火煲沸后，文火煲约3小时，调味即可。

豆豉粉葛鱼片汤

原　料

粉葛	500克
鲩鱼肉	200克
淡豆豉	25克
葱白	适量

功　效

解肌退热，暖胃补虚，
利尿降压。

温馨提示

鲩鱼烹调时不用放
味精。

制作过程

1. 将淡豆豉、
粉葛、葱条、
鲩鱼肉分别洗
净；粉葛去皮
切块，葱条去
根取葱白，再
切段，鲩鱼肉
切片。

2. 在瓦煲内加
入适量清水，
先用猛火煲至
水滚，放入淡
豆豉、粉葛，
用中火继续煲
2小时，再加
入葱白、鲩鱼
肉片。

3. 煲好后，下
少许精盐调味，
滚至鱼片熟透，
即可饮汤食用。

千斤拔花生猪尾汤

原料

猪尾	2条
千斤拔	30克
花生	30克

效

壮骨健腰，补气开胃。

温馨提示

花生含有大量脂肪，故内热上火、高血脂和体寒湿滞者不宜食用。

制作过程

1. 花生去壳肉洗净；千斤拔洗净；猪尾割去多余油脂，刮毛洗净，切段。

2. 锅置火上，烧开适量清水，放入猪尾煮约1分钟，捞出过冷河。

3. 把全部用料放入煲内，加清水适量，武火煲沸后，文火煲约3小时，调味供用。

菜干鸭肾蜜枣汤

原 料

腊鸭肾	3个
瘦猪肉	100克
白菜干	250克
蜜枣	适量

功 效

滋阴益肾，调养精血。

温馨提示

菜干要反复浸泡多次，去除咸味和杂质，调味时盐可少放或不放。

制作过程

1. 白菜干用清水浸软，洗净，切段；瘦猪肉洗净；腊鸭肾洗净，用温水稍浸，切厚件。

2. 锅中加入适量清水烧开，将瘦猪肉倒入煮约2分钟，捞出。

3. 把全部用料放入煲内，加清水适量，武火煲沸后，文火煲约3小时，调味供用。

小肉丸豆腐汤

原 料

嫩豆腐	400克
猪腿肉	150克
洋葱	50克
鸡蛋	2只
蒜	适量

功 效

清热泻火，生津润燥。

温馨提示

把豆腐放在盐水里泡20分钟，再拿出来烹食，不易破碎。

制作过程

1. 豆腐切丁；洋葱剁末；猪腿肉剁末，然后加入洋葱末、蛋液、干淀粉、调味料搅拌成肉馅，捏成小肉丸；蒜剁茸。

2. 锅烧热，将小肉丸放入锅内，用温油煎黄。

3. 爆香蒜茸，下豆腐丁，加水煮沸，放入肉丸，再加味精调味，然后焖3分钟，即可上桌食用。

北芪枣豆泥鳅汤

制作过程

1. 黑豆用清水洗净，晾干；北芪、红枣、生姜分别洗净，红枣去核，生姜去皮切片；泥鳅剖洗干净。

黑豆	100克
泥鳅	250克
北芪	50克
生姜	适量
红枣	适量

2. 黑豆炒至衣开裂；泥鳅用滚水焯去黏液，再放入油锅中，将鱼身煎至微黄色，备用。

功 效

清热养阴，益气止汗。

温馨提示

泥鳅要除净表面黏液，才能入汤，否则腥味很重。

3. 在瓦煲内加入适量清水，先用武火煲至水滚，放入全部用料，改用中火煲至黑豆熟烂，加入少许精盐调味即可。

莲藕章鱼猪脚汤

原 料

莲藕	500克
章鱼	60克
红豆	30克
猪脚	1只
红枣	5枚

功 效

养血生肌，开胃消食。

温馨提示

莲藕在下锅前再切，否则会变黑，若已切开，可立即放入清水内浸泡，防止颜色转黑。

制作过程

1. 莲藕、章鱼、红豆、红枣洗净，红枣去核，莲藕切厚件；猪脚洗净，斩件。

2. 锅中烧开适量清水，将猪脚放入沸水中煮10分钟，取出过冷河。

3. 把全部用料放入煲内，加入适量清水，用武火煲滚后，改用文火继续煲3小时，加调味料即成。

桑白皮小豆鲫鱼汤

原 料

鲫鱼	1条
桑白皮	60克
赤小豆	90克
陈皮	6克
生姜	2片

功 效

补脾开胃，温中行气。

温馨提示

鲫鱼忌与荠菜、猪肝同食。中老年人、高血脂、高胆固醇者忌喝本汤。

制作过程

1. 鲫鱼去鳞及内脏，洗净；桑白皮、赤豆、陈皮、生姜洗净。

2. 起油锅，鲫鱼煎至两面呈金黄色，捞出待用。

3. 全部用料同放砂煲里，加清水适量，用旺火煮沸后，改用文火煲2小时，调味食用。

南北杏仁鹌鹑汤

原 料

猪瘦肉	250克
南杏仁	10克
北杏仁	10克
圆肉	15克
鹌鹑	2只
生姜	1片

功 效

宣肺化痰，止咳定喘，益气补虚。

温馨提示

鹌鹑富含蛋白质和多种维生素，胆固醇含量低，是孕、产妇和老人的理想食品。

制作过程

1. 杏仁用开水烫去衣；圆肉洗净；瘦猪肉洗净，切块；鹌鹑去毛、内脏和脚，洗净，斩件。

2. 锅中加入适量清水烧开，将鹌鹑放入水锅中飞水约1分钟，捞出。

3. 煲内煲滚适量清水，把全部用料放入煲内，武火煲沸后，文火煲约3小时，调味供用。

竹笋响螺汤

原 料

响螺肉	400克
豆苗	500克
竹笋	10克
香葱	10克

功 效

祛脂瘦身，开胃益脾。

温馨提示

竹笋靠近笋尖的地方宜顺切，下部宜横切，烹制时才易熟烂入味。

制作过程

1. 将竹笋浸软，切去两头，漂洗成白色，捞起切段；豆苗洗净；香葱切段；螺肉除去头盖和尾肉，加入精盐少许抹匀洗净。

2. 把清汤倒入锅内，放入竹笋，加入精盐、味精，然后放入螺片，待烧沸后再加入料酒，放入豆苗、葱段。

3. 加入食盐调味，起锅装碗，即可食用。

淮杞兔肉汤

制作过程

1. 淮山、杞子、桂圆洗净；兔肉洗净，切小块。

兔肉	300克
淮山	20克
杞子	20克
桂圆	适量

2. 锅中烧开适量清水，倒入兔肉煮约2分钟，捞出待用。

效

滋阴凉血，止渴健脾。

馨提示

用3斤开水加4两石灰，将杀好的兔子放入翻动几下取出，用手擦，兔毛即可除净。

3. 将全部材料放入炖盅，加入约1杯半的滚水，盖上盅盖，用猛火炖约3小时，加盐、生抽少许，调味即可。

白菜牛百叶汤

原 料

牛百叶	500克
鲜白菜	1000克
生姜	6片

功 效

平补脾胃，开胃去湿。

温馨提示

白菜腐烂后，由于
细菌毒素的作用，
会使人丧失带氧能
力，引起中毒，故
不能食用腐烂白菜。

制作过程

1. 牛百叶用水
浸透，洗净，
切件；生姜、
鲜白菜洗净。

2. 牛百叶下油
锅用姜爆过，
铲起，待用。

3. 把用料放入
砂煲里，加清
水适量，武火
煲沸后，用文
火煲2小时，
调味即可，咸
淡随意。

丝瓜杏仁排骨汤

原　料

丝瓜	500克
肉排骨	250克
南北杏	20克
生姜	3片

功　效

活络通经，滋阴生血。

温馨提示

杏仁有小毒，使用
勿过量，尤以皮尖
所含毒性较大，使
用前宜去皮尖。

制作过程

1. 丝瓜去瓤洗
净，切件；南
北杏用滚水烫
过去衣；排骨
洗净，斩件。

2. 排骨放入滚
水中，煮10分
钟，取出过冷
河。

3. 把适量清水
煲滚，放入全
部用料猛火煲
滚后，慢火煲
2小时，下盐
调味。

生鱼西洋菜汤

原　料

西洋菜	500克
猪骨	200克
生鱼	1条
蜜枣	3枚
陈皮	适量

功　效

滋阴生津，益气安神。

温馨提示

鲜鱼的鱼鳃是呼吸滤水的通路，存有大量的污物，要及时清除鲜鱼的鱼腮和内脏。

制作过程

1. 拍死生鱼，不必剖开，去鳞，原条洗净；蜜枣、西洋菜洗净；陈皮浸软，刮去瓢，洗净；猪骨洗净，斩件。

2. 猪骨放入开水锅中煮4分钟后捞出；起油锅，放入生鱼将两面略煎盛起。

3. 把适量清水煲滚，放入猪骨、蜜枣、陈皮煲半小时，加入西洋菜、生鱼，再煲2.5小时，用盐、生抽调味即可。

黄芽白珧柱汤

原 料

黄芽白	750克
排骨	250克
火腿	25克
生姜	适量
桃柱	适量

功 效

清热解毒，利尿养胃。

温馨提示

挑选包得紧、新鲜、
无虫害的黄芽白。
根部腐烂、变色者，
表明采收时间过长，
营养流失严重。

制作过程

1. 将黄芽白切边，洗净；桃柱用清水浸半小时；火腿切片；排骨斩件。

2. 排骨放入滚水中煮10分钟，取出过冷河，备用。

3. 把清水煲滚，入全部用料用慢火煲2小时后，取出黄芽白切短剁细。锅内下油，注入汤水，调味后打芡，再放入黄芽白、桃柱、火腿兜匀煮滚，喝汤吃菜。

兔肉紫菜豆腐汤

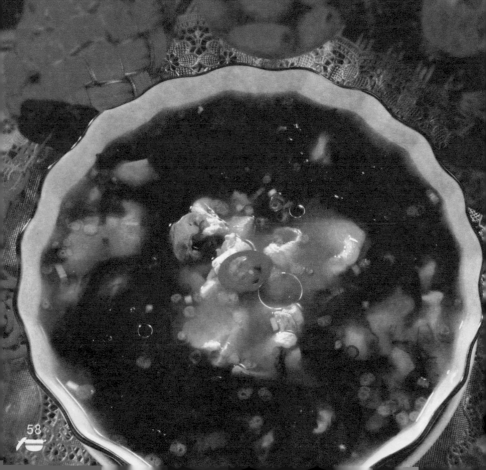

原　料

兔　肉	200克
紫　菜	30克
豆　腐	1块
葱	适量

功　效

清热利尿，生津润燥。

温馨提示

兔肉烹制前一定要放清水中反复浸泡，彻底除去兔肉中的血水，才能除净异味。

制作过程

1. 将紫菜撕成小片，洗净后放入小碗中；豆腐拍碎；兔肉洗净，切薄片；葱洗净，切葱花。

2. 锅置火上，烧开适量清水，倒入兔肉煮约2分钟，捞出待用。

3. 锅中倒入清水一大碗，加盐、豆腐，武火烧开后倒入兔肉煮5分钟，放入葱花，起锅前倒入紫菜搅匀即可。

胡核地黄猪肠汤

用料

猪大肠	500克
胡桃肉	120克
熟地黄	60克
红枣	适量

功效

生津润肠，活血祛瘀。

温馨提示

阴虚火旺，或脾虚、有稀便、腹泻症状者不宜食用本汤。

制作过程

1.胡桃肉用开水烫，去衣；熟地黄、红枣去核洗净；猪大肠洗净，切小段。

2.锅中烧开适量清水，将猪大肠放入锅中焯约1分钟，沥干水分。

3.把全部用料放入煲内，加清水适量，武火煲沸后，改文火煲3小时，调味即可。

车前田螺汤

原 料

田螺(连壳)	1000克
车前子	30克
红枣	适量

功 效

祛热利水，清肝明目。

温馨提示

田螺所含热量较低，是减肥者的理想食品，且对狐臭有显著疗效。

制作过程

1. 红枣去核洗净；车前子洗净，用纱布包好；田螺用清水静养1~2天，经常换水以漂去污物，斩去田螺壳尾。

2. 煲中放入适量清水，烧开，将全部用料放入煲内，武火煲沸后，文火煲2小时。

3. 煲好后，放入适量盐、味精调味，咸淡随意。

八爪鱼粉葛汤

原 料

粉葛	500克
猪肉	400克
八爪鱼	50克
果皮	1/6个
蜜枣	4枚

功 效

解肌清热，利水降压。

温馨提示

此汤应少放盐，煲出来的汤才更鲜美可口。

制作过程

1. 粉葛去皮洗净切件；果皮浸软，刮去瓤洗净；蜜枣洗净；八爪鱼用清水浸半小时，洗净；猪肉洗净切中块。

2. 煲内加适量水煲滚，放入粉葛、八爪鱼、猪肉、蜜枣、果皮煲滚，再慢火煲4小时。

3. 煲好后，下盐、味精调味即可食用，咸淡随意。

番茄玉米猪肝汤

原　料

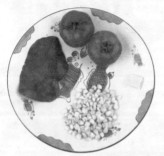

玉米粒	120克
猪肝	120克
番茄	90克
生姜	适量

功　效

健胃消食，清热生津。

温馨提示

急性肠炎、菌痢及
溃疡活动期病人忌
喝本汤。

制作过程

1. 番茄洗净，
切厚块；玉米
粒、生姜洗净，
生姜切片；猪
肝洗净，切片。

2. 锅中加入适
量清水烧开，
倒入猪肝滚约
1分钟，捞出。

3. 把玉米粒放
入煲内，加入
适量清水用慢
火煲约20分钟，
放入番茄、生
姜再煲10分钟，
然后放入猪肝
继续煲滚几分
钟至猪肝刚熟，
调味即可。

凉瓜排骨汤

原　料

凉瓜	500克
肉排骨	400克
蒜头	适量

功　效

清暑涤热，解毒明目，
滋阴润燥。

温馨提示

凉瓜味苦。切开凉
瓜，除掉瓜瓤，用
清水清洗，可去除
部分苦味。

制作过程

1. 凉瓜洗净，
切大块；蒜头
去衣；排骨洗
净，斩件。

2. 排骨放入滚
水中煮10分钟，
取出过冷河洗
净，放少许盐
腌过。

3. 把适量清水
煲滚，放入全
部用料煲滚，
慢火煲 2 小时，
调味即可。

大鱼头腐竹汤

原　料

大鱼(鳙鱼)头	1个
腐竹	30克
芫荽	10克
姜	3片

功　效

养胃解毒，益气补血。

温馨提示

鱼头中含寄生虫，
所以一定要煮熟透
后，才能食用。

制作过程

1. 鱼头洗净，
一开为二；腐
竹用水浸软，
切段；芫荽洗
净，切段。

2. 烧锅下油爆
姜，文火煎鱼
头至两面微黄，
淋少许酒(白酒、
黄酒均可)。

3. 煲中加适量
水，放鱼头、
腐竹，武火煮
沸后，转文火
煲15分钟，放
芫荽。下盐调
味。

番茄猪肝瘦肉汤

原 料

番茄	300克
土豆	50克
猪肝	80克
瘦肉	80克

功 效

凉血益脾，补肝明目。

温馨提示

新鲜猪肝应用水冲洗10分钟，再浸泡半小时后烹制，以去除其中毒素。

制作过程

1. 番茄洗净，每个切4块；土豆去皮洗净，切片；瘦肉洗净，切薄片；猪肝切薄片，用清水冲洗，洗去血浆，加醋1汤匙，腌10分钟洗净。

2. 锅中加适量清水烧开，将猪瘦肉和猪肝放入滚水中滚约1分钟，捞出。

3. 将土豆、番茄放入煲里，加水适量，用文火煲20分钟，下猪肝、瘦肉煲至肉熟，调味即可。

椰子银耳鸽子汤

制作过程

瘦光鸽　　　　　2只
椰子肉　　　　　1个
银耳　　　　　　20克
火腿　　　　　　20克
蜜枣　　　　　　6枚

效

补气生血，调经止崩。

馨提示

心脏病、血管硬化、
肠胃不好的患者不
宜多饮此汤。

1. 鸽子去脚洗
净；银耳用清
水浸泡，撕成
小朵，洗净；
蜜枣洗净；椰
子肉洗净，切
成小块。

2. 锅中加适量
开水，将鸽子
放入开水中煮
10分钟，捞起
用清水漂净；
银耳放入开水
中煮5分钟，
取出。

3. 把全部用料
放入砂煲里，
加开水适量，
文火煲3小时，
调味即可。

雪菜虾米汤

原　料

雪菜	150克
虾米	25克
豆腐	1件
葱	2根
姜	1片

功　效

温补肾阳，润肠通便。

温馨提示

用滚水烫煮虾时，可以放一支肉桂棒在水中，可消除腥气，并且不会影响虾的鲜味。

制作过程

1. 雪菜、虾米、豆腐、葱、姜分别洗净，雪菜控净水切短，虾米沥干水分，豆腐切粒，葱切碎，姜去皮切片。

2. 在锅内下油半汤匙，爆香姜片，稍爆虾米。

3. 加入适量清水烧开，放入雪菜和豆腐再继续烧开5分钟，下葱。即可装碗上桌。因雪菜已有咸味，故无须放盐。喜吃辣的，可另加辣椒油调味。

榨菜豆腐鱼尾汤

原 料

鲩鱼	1条
豆腐	2块
榨菜	50克

功 效

清热降火，润肠通便。

温馨提示

鲩鱼在烹调时不用
放味精。鱼胆有
毒不能食用。

制作过程

1. 鲩鱼尾去鳞
洗净；榨菜洗
净切片；豆腐
撒上少许盐稍
腌，每块切成
4小块待用。

2. 锅中放花生
油置火上烧热，
下入鱼尾煎至
两面微黄取出。

3. 煲内加适量
热水置火上，
放入鱼尾、榨
菜、豆腐，用
旺火烧10分钟
后，再用文火
熬5分钟，放
盐、味精，起
锅淋入香油。

核桃猪肉汤

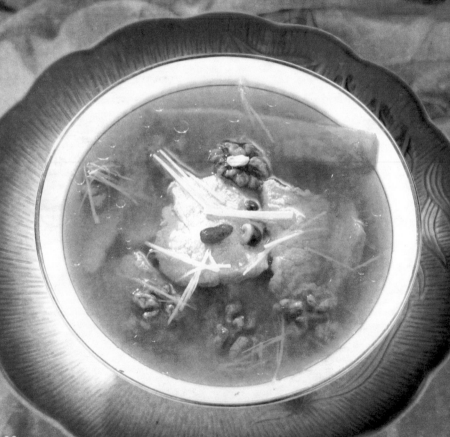

原　料

淮 山	25克
芡 实	50克
核 桃	100克
猪 肉	400克
姜	1片

功　效

强筋壮骨，温肺定喘，
补气养血。

温馨提示

核桃有衣较好。核
桃能助火生痰，故
对于阴虚火旺或痰
火内热之人，不宜
过多食用。

制作过程

1. 核桃、芡实、
淮山洗净，沥
干水；瘦肉洗
净，切薄片。

2. 猪肉放入开
水中，煮5分
钟，取起洗净。

3. 把适量之水
煲滚，放下猪
肉、核桃、淮
山、芡实、姜
煲滚，再慢火
煲3小时，下
盐调味。

芫荽豆腐鱼头汤

制作过程

1. 芫荽、葱白洗净，切碎；淡豆豉、鳙鱼头洗净，切开两边。

鳙鱼头	2个
芫荽	15克
淡豆豉	30克
葱白	30克
豆腐	5块

2. 烧热油锅，将鳙鱼头、豆腐分别下油锅煎香。

功　效

清热祛火，醒脾开胃。

温馨提示

俗话说："千滚豆腐万滚鱼"，鱼加豆腐一定要烧煮滚透才好吃。

3. 把全部用料一齐放入煲内，加清水适量，文火煲30分钟，再放入芫荽、葱白，煮沸片刻，调味即可。

雪耳冬菇猪胰汤

制作过程

1. 雪耳用清水浸开，洗净，摘小朵；冬菇用清水浸，洗净，去蒂；猪胰、瘦猪肉洗净，切片。

猪胰	1条
雪耳	30克
冬菇	30克
瘦猪肉	100克

功 效

益气养胃，醒神开胃，滋阴活血。

温馨提示

银耳、冬菇用冷水浸泡为宜。

2. 锅中烧开适量清水，放入猪胰和瘦猪肉氽烫约2分钟，捞出。

3. 把雪耳、冬菇放入煲内，加清水适量，武火煲沸约15分钟，放入猪胰、瘦猪肉，文火煲至肉熟，调味即可。

金华火腿银耳汤

金华火腿	100克
猪瘦肉	400克
银耳	20克
百合	50克
蜜枣	3枚

功 效

养阴生津，润肺健脾。

显馨提示

煮火腿时，如果在
下水前在火腿皮上
涂一些白糖，火腿
皮极易煮烂，味道
也更鲜香可口。

制作过程

1. 蜜枣、百合、
银耳浸开，洗
净；金华火腿
洗净，切成小
片；瘦肉洗净，
切薄片。

2. 瘦肉放开水
中煮5分钟，
取出洗净。

3. 把适量清水
烧开，放入瘦
肉、银耳、蜜
枣、百合煲滚，
慢火煲2小时，
加入金华火腿
再煲20分钟，
调味即可。

西瓜鸡肉汤

原 料

西瓜	1/3个
鸡肉	150克
鲜菇	190克
火腿切小粒	2汤匙
青豆	50克
姜	2片
葱	适量

功 效

护肤美容，延缓衰老。

温馨提示

西瓜能把不溶性蛋
白质转化为水溶性
蛋白质——蛋白甙，
有利于人体的吸收。

制作过程

1. 鲜菇洗净，
切两边；西瓜
去核去皮，切
粒(红白分开)；
鸡肉洗净切丁；
青豆、姜、葱
洗净。

2. 青豆放入开
水中煮5分钟，
捞起过冷河；
鸡肉丁放开水
中煮3分钟，
捞起。

3. 煲内放生姜
及西瓜白肉，
加适量清水，
慢火煲稔，放
鸡肉、鲜菇、
火腿，煲滚除
去汤面的泡，
加入西瓜红肉、
青豆煲滚即成。

福寿鱼芥菜汤

原 料

福寿鱼	1条
芥菜	250克
生姜	适量

功 效

宣肺豁痰，温中利气。

温馨提示

芥菜在选购时要注意叶片是否新鲜，有没有枯黄的痕迹，看芥菜心是否长苔，若长苔的表明已老。

制作过程

1. 芥菜洗净，沥干水分，切成段；福寿鱼洗净，去内脏，抹干水。

2. 锅中加适量油烧热，福寿鱼下油锅内稍煎即铲起。

3. 下姜爆香片刻，加入适量清水烧滚，放入鱼及芥菜共煲，汤成下盐调味，将福寿鱼及芥菜盛碟，上桌即可食用。

猪舌赤豆粉葛汤

1. 粉葛洗净，去皮，切片；赤小豆、蜜枣、瘦肉、猪舌分别洗净，猪舌切片，瘦肉切薄片。

猪　舌	1条
赤小豆	50克
粉　葛	750克
瘦　肉	250克
蜜　枣	适量

2. 猪舌、瘦肉同放入滚水中煮5分钟，取出洗净。

功　效

清热利尿，养血益脾。

温馨提示

猪舌用热水泡至舌苔发白，再用小刀刮去猪舌表面白苔，最后用清水漂洗干净。

3. 把适量清水烧开，放入赤小豆、粉葛、蜜枣煲1.5小时，加猪舌、瘦肉再煲至烂熟，下盐调味。

鲤鱼内金汤

原　料

鲤鱼	250克
鸡内金	15克
胡椒	适量
生姜	适量

功　效

健脾益气，利水消肿。

温馨提示

洗鲜鱼时，将生植物油滴入盆中1~2滴，可以除去鱼的黏液。

制作过程

1. 鲤鱼剖开去内脏；生姜洗净切片；鸡内金打碎，与鱼片拌匀。

2. 锅中烧热油，放入鲤鱼煎至两面微黄盛起。

3. 将用料放入炖盅内，加清水适量，用文火隔水炖2小时，调味吃肉饮汤。

图书在版编目(CIP)数据

方便汤 / 方圆编著. — 广州 ：羊城晚报出版社,
2011.1

  ISBN 978-7-80651-887-8

  Ⅰ. ①方… Ⅱ. ①方… Ⅲ. ①汤菜－菜谱 Ⅳ.
①TS972.122

  中国版本图书馆CIP数据核字(2010)第228161号

方便汤

责任编辑	刘妮娜
责任技编	张广生
责任校对	胡艺超
封面设计	任岳恒
装帧设计	周凤人
出版发行	羊城晚报出版社 （广州市东风东路733号 邮编：510085）
	发行部电话：（020）87133824
出 版 人	罗贻乐
经　　销	新华书店
印　　刷	四川省南方印务有限公司
规　　格	889毫米×700毫米　1/24　印张4　字数100千
版　　次	2011年1月第1版　 2011年1月第1次印刷
书　　号	ISBN 978-7-80651-887-8/ TS·61
定　　价	15.00元